Linda Frost
Still und starr ruht im Schnee

Linda Frost

Still und starr ruht im Schnee

Ein Adventskrimi zum Aufschlitzen in 24 Teilen

Pattloch

1. Dezember

Hier aufschlitzen

Eine transparente rote Schleife, eine glänzende rote Schleife, eine transparente weiße Schleife, eine glänzende weiße Schleife. Jetzt griffen die Hände der Verkäuferin in Zeitlupe nach der Rolle mit dem goldenen Geschenkband, und das war der Moment, in dem Annikas Geduldsfaden riss.

»Stopp!«, rief sie.

Irritiert sah die Verkäuferin sie an. »Aber ich bin noch nicht fertig!«

»Das ist egal. Es sieht wunderschön aus. Und ich muss los.« Annika riss der Verkäuferin das Geschenk förmlich aus der Hand, bedankte sich noch einmal und verließ fluchtartig die Parfümerie.

Winzige weiße Schneeflocken rieselten auf die winterliche Kleinstadt nieder, und Annika atmete erleichtert die frische Luft ein. Schon das lange Schlangestehen in der Parfümerie hatte sie ungeduldig werden lassen. Sie schwitzte wie verrückt mit Schal und Mütze und dann diese langsame Verkäuferin ... Für jemanden mit Annikas aktuellem Nervenkostüm war das Geschenkekaufen im Vorweihnachtsrummel nichts. Immerhin hatte sie jetzt alle Geschenke beisammen. Nun, eins. Aber sie brauchte auch nur eins.

Gestern beim Frühstück hatte Werner die Zeitung sinken lassen. »Was wünschst du dir denn dieses Jahr?«, hatte er gefragt. Sie hatte nach der Kaffeetasse gegriffen und sich ganz kurz überlegt, ob sie ihm die Wahrheit sagen sollte. Ob sie einfach sagen sollte, dass sie am liebsten ...

»Was wünschst du dir?«, wiederholte er, und sie hatte ihn angesehen und gelächelt.

»Nichts, was du mir erfüllen könntest, Liebling.« Sie hatte es in scherzhaftem Ton gesagt.

»Dann nenn mir doch bitte was Erfüllbares.«

»Ein Abo für eine neue Gartenzeitschrift«, hatte sie gesagt. »Genauer gesagt, das Zwei-Jahres-Abo, da ist dann ein ganz wunderschönes Set dabei.«

»Okay«, hatte er zufrieden entgegnet und den Blick wieder auf die Zeitung gesenkt. »Dann schick mir einen Link.« Er hatte noch nicht einmal nachgefragt, um was für ein Set es sich handelte.

Ein Set Töpfe? Ein Set Geschirrtücher? Oder vielleicht ein Messerset aus rostfreiem Edelstahl? Ihm war das natürlich egal. Dabei sollte ihm das nicht egal sein, in seinem eigenen Interesse …

»Und du?«, hatte sie hinterhergeschoben, nur um ihn beim Zeitunglesen zu stören.

»Einen neuen Rasierapparat«, hatte er gemurmelt. »Der alte geht kaputt.«

Bei dem Gedanken an das Gespräch musste Annika lächeln. Es war ein böses Lächeln. Sie warf einen Blick auf das aufwändig eingepackte Geschenk neben sich.

Darin befand sich definitiv kein Rasierapparat. Werner würde Augen machen …

2. Dezember

Sie hielt vor der kleinen Backsteinvilla, in der sie und Werner seit zwanzig Jahren wohnten, packte das Geschenk in ihren Stoffbeutel und stieg aus. Durch den Schnee stapfte sie auf das Haus zu und wühlte in der Handtasche nach ihrem Schlüssel.

»Ich bin wieder da, Liebling!«, rief sie, als sie die Tür öffnete. »Ich hab dich vermisst!«, warf sie scheinheilig hinterher.

Keine Antwort.

Erleichterung durchflutete Annika. Es wäre ärgerlich gewesen, wenn Werner schon im Flur gestanden und sich beschwert hätte, weil sie zu spät war. Nun, sie war wirklich zu spät. Er hätte recht gehabt. Das Weihnachtskonzert in der Kirche begann um sechs.

Annika trat in die Küche, wo auf einem Backblech noch die Heidesandplätzchen zum Abkühlen lagen, die sie heute gebacken hatte. Annika buk viel und gern. Das sah man ihr auch an. Zudem hatte sie in der Vorweihnachtszeit bestimmt noch einmal zwei Kilo zugenommen, wie jedes Jahr.

Annika seufzte. Trotzdem nahm sie eins, nur zum Probieren.

Das Plätzchen zerkrümelte süß in ihrem Mund, und Annika spürte, wie ihre Laune stieg. Sie zog Mütze, Schal und Mantel aus und hängte alles ordentlich an die Garderobe. Dann trat sie erneut in die Küche. Oben auf der altmodischen Anrichte aus massivem Holz standen die Likörchen. Schlehe, Birne … Nein, heute musste es Winterapfel sein. Sie schnupperte, ehe sie sich ein schönes Gläschen voll einschenkte. Ein köstlicher Geruch nach würzigem Zimt und fruchtigen, reifen Äpfeln stieg ihr in die Nase, dann brannte es kurz im Hals.

»Liebling!«, rief sie erneut durch die geöffnete Küchentür. »Mach schnell, sonst kommen wir zu spät!«

Was, wenn sie wirklich zu spät waren? Dann musste sie immerhin nicht stundenlang neben Werner auf der kalten Kirchenbank sitzen. Andererseits musste sie dann den Abend allein mit ihm verbringen, und dazu hatte sie auch keine Lust. Sie würde einfach ins Bett gehen und noch eine schöne Serie gucken.

Wie immer, wenn Annika ein schönes Likörchen trank, musste sie an den Schürhaken denken. Sie polierte das Kaminbesteck jede Woche. Viele Frauen beschwerten sich ja über stumpfsinnige Hausarbeit, ihre Schwester Caro etwa. Caro staunte immer: »Wie kannst du so viel Zeit damit verschwenden, das Treppengeländer oder das Kaminbesteck zu polieren? Das sieht doch kein Mensch!« Aber Caro verstand das nicht. Es ging ja nicht nur darum, dass alles schön glänzte. Wenn Annika polierte, dann ließ es sich dabei so wunderbar träumen!

Meistens träumte sie davon, Werner mit dem Schürhaken den Schädel einzuschlagen. Immer wieder und wieder würde sie auf ihn einschlagen, 24 mal mindestens, ein Hieb für jedes Ehejahr, was sie mit diesem Mistkerl verbracht hatte. Oh ja, das wäre ihr heimlicher Weihnachtswunsch gewesen ...

Natürlich war ihr das nicht ganz ernst, es war nur ein kleiner Tagtraum. Kleine Tagträume waren ausgesprochen gesund, das stand in jeder Frauenzeitschrift. So etwas sollte frau sich von Zeit zu Zeit gönnen, ebenso wie ein schönes Likörchen vor dem Konzertbesuch. Vermutlich waren das die beiden Geheimnisse einer langen Ehe: Likörchen und Tagträume.

Sie war gedankenverloren mit dem Glas in der Hand an den flackernden Kamin getreten, und da bemerkte sie es.

Es war der Schürhaken.

Der fehlte.

Werner musste ihn genommen haben. Aber was wollte Werner mit dem Schürhaken, wenn er damit nicht im Kamin stocherte? Das ergab keinen Sinn.

»Liebling?«, rief Annika erneut, diesmal aber wirklich besorgt.

Warum antwortete Werner eigentlich nicht? Das war doch gar nicht seine Art! Ob er bei seiner heimlichen Geliebten war?

❄ 2. DEZEMBER ❄

Annika runzelte die Stirn. Nein, das war ausgeschlossen. Er würde wohl kaum einen Schürhaken zu einem Techtelmechtel mitnehmen! Er wusste, dass Annika jetzt auf ihn wartete, da würde er wohl nicht das Risiko eingehen, sie misstrauisch zu machen. Und außerdem war da dieser Konzerttermin, der ihm immer so wichtig war. Werner liebte das weihnachtliche Orgelkonzert in der Josefkirche und würde es nie verpassen.

Dennoch: Werner war fort. Und sie hatte sich wieder einmal abgehetzt und alles nur, damit sie es rechtzeitig in die Kirche schafften!

Sie trat an die Terrassentür. Der Garten lag im abendlichen Dunkel bis auf die hell erleuchtete Tanne, die sie wie immer am ersten Adventssonntag mit einer Lichterkette geschmückt hatte. Das war viel Arbeit, denn es war gar nicht so einfach, die Lichter wirklich ganz und gar gleichmäßig im Baum zu verteilen. Wenn Werner ihr helfen würde, sicher, dann würde das schnell gehen, aber das tat er nie. Höchstens setzte er sich mit einer Zigarre auf die Terrasse und rief »etwas mehr links, etwas mehr rechts!«, bis ihm kalt wurde und er wieder ins Haus ging, während sie mit den Lichterketten kämpfte.

Doch davon ließ sich Annika nicht abhalten, und so hatte sie auch in diesem Jahr den Baum alleine geschmückt. Deswegen strahlte und funkelte es jetzt auch so wundervoll inmitten des verschneiten Gartens.

Ach, was sah das schön weihnachtlich aus! Versonnen nippte Annika noch einmal an ihrem Likörchen, dann war das Glas schon wieder leer. Zu schade, dass sie in die Kirche musste, wo es doch gerade so gemütlich war! Andererseits war von Werner weit und breit nichts zu sehen, und das mit dem Konzert war seine Idee gewesen.

»Werner!«, rief Annika und sah noch einmal in den Garten hinaus. Und weil der Baum ihre Blicke auf sich zog, sah sie erst mit einiger Verzögerung, was da am Rande der Terrasse lag. Dort lag nämlich ein Körper, ganz und gar verrenkt.

Und um ihn herum zertrampelte Spuren im Schnee.

Und Blut. Blutiger Schnee ringsum.

Ein spitzer Schrei zerschnitt die winterliche Stille, und Annika schlug sich die Hand vor den Mund. Sie war es, die geschrien hatte.

Mit zitternden Händen öffnete sie die Terrassentür und trat hinaus. Eisige Kälte umfing sie.

»Liebling?«, rief sie voller Angst.

In ihren Hausschuhen stapfte sie auf den Körper zu. Konnte es sein, dass …

Irgendetwas lag im Weg, und Annika stolperte. Ehe sie sich versah, lag sie schon im kalten Schnee, nur ihre Hände nicht. Die eine hielt noch immer das Likörglas, mit der anderen hatte sie in einem Reflex versucht sich abzustützen und war auf etwas Weichem gelandet.

Auf der Leiche.

Das, worüber Annika gestolpert war, war der Schürhaken.

Und die Leiche war Werner.

3. DEZEMBER

4. Dezember

Hier aufschlitzen

Annika saß auf dem Sofa, die Decke bis zum Kinn gezogen. Der Kamin brannte immer noch, es war mehr als warm, und trotzdem konnte sie nicht aufhören zu zittern.

»Geht's?«, fragte Kriminalkommissar Glöckner, der ihr gegenüber saß. Er trug keine Uniform, sondern eine schwarze Lederjacke, ebenso wie sein bärtiger Kollege Schneider. Dass die beiden Polizisten waren, sah man sofort. Sie sahen aus, als wären sie geradewegs aus dem Fernseher gestiegen. Annika kicherte. Das war der Schock. Sie hatte einen Schock. Oder? Ihr war nach einem Likörchen, aber sie wollte nicht aufstehen, und sie konnte schlecht den Kommissar in die Küche schicken, um ihr eins zu holen.

»Ihre Schwester ist bestimmt bald da.«

Annika nickte. Gemeinsam mit den Polizisten hatte sie bereits festgestellt, dass nichts fehlte. Auf dem Schreibtisch im Arbeitszimmer stand das hübsche, geschnitzte Kästchen, was sie vor Ewigkeiten in einem Italien-Urlaub erstanden hatten und das beinahe 1.000 Euro in Scheinen enthielt. Unser Notgroschen, hatte Werner es immer genannt. Daneben lag unangetastet das Notebook; Werner hatte er erst dieses Jahr gekauft. Und im Schlafzimmer lag Annikas Schmuck

unberührt in der Schublade ihrer Kommode. Wer auch immer Werner ermordet hatte, er hatte es nicht auf Wertsachen abgesehen.

Kommissar Glöckner beugte sich vor. »Ist Ihnen gar nichts aufgefallen, als Sie das Haus betreten haben?«

Annika schüttelte den Kopf. Zu schnell, wie sie dann begriff, sie hätte erst nachdenken sollen. »Nein. Es roch nach … Ich roch, dass Werner den Kamin angezündet hatte. Ich rief nach ihm, aber er antwortete nicht. Und dann habe ich die Terrassentür geöffnet und ihn gesehen.« Sie erschauerte bei der Erinnerung. All das Blut, rot im Schnee …

Das war ihr heimlicher Wunschtraum gewesen, ja, aber es fühlte sich keineswegs so gut an wie in ihrer Vorstellung. Ganz und gar nicht.

»Und haben Sie im Garten etwas Ungewöhnliches bemerkt?«

»Die Leiche. Die war mir ungewöhnlich genug.« Es kam etwas spitz heraus, und Annika presste erschrocken die Lippen aufeinander. Sie sehnte sich nach einem Likörchen. Doch, vermutlich hatte sie wirklich einen Schock. Ganz sicher sogar!

❄ 4. DEZEMBER ❄

5. Dezember

Der Kommissar nickte beruhigend. »Und die Terrassentür? Mussten Sie die aufschließen?«

Annika riss sich zusammen und überlegte. War die Terrassentür verriegelt gewesen oder nur zugezogen? »Ich glaube, sie war nicht abgeschlossen.«

»Und die Spuren im Schnee? Darauf hatten Sie doch einen guten Blick. Haben Sie Fußspuren im Schnee gesehen?«

Sie zuckte hilflos die Achseln. »Ich weiß es wirklich nicht.«

»Frau Engels, bei dem Schnee ist die Spurenlage eigentlich ideal gewesen. Wer auch immer Ihren Mann getötet hat, muss deutliche Fußspuren hinterlassen haben. Wie überaus ärgerlich, dass die Rettungskräfte alles zertrampelt haben!«

»Ja«, sagte Annika nachdenklich. »Sehr ärgerlich.«

Oder war es ein Glück?

Der Kommissar sah sie eindringlich an. »Bitte, versuchen Sie sich zu erinnern. Jedes noch so unbedeutende Detail kann uns helfen, den Mörder Ihres Mannes zu finden.«

Annika nickte. Wie war das gewesen? Sie hatte in den verschneiten nächtlichen Garten geblickt, der Baum hatte so wunderschön geleuchtet, aber dann war da ... Sofort drängte sich der tote Werner im Schnee vor ihr inneres Auge, und sie schluchzte erneut auf und schlug sich die Hand vor den Mund. Sie wusste nur noch, dass sie Krankenwagen und Polizei angerufen hatte und direkt danach ihre Schwester, und beim Telefonieren war sie hektisch herumgerannt. Bald darauf waren Notarzt und Krankenwagen erschienen, und jetzt war der Schnee um Werners Leiche herum zertrampelt. Aber vorher, ehe sie die Terrassentüre geöffnet hatte – was hatte sie da gesehen? Und dann blitzte eine schwache Erinnerung vor ihrem inneren Auge auf.

»Doch, warten Sie. Da waren wirklich Spuren.« Sie runzelte die Stirn. Spuren, die zu Werners Leiche geführt hatten. Vom Haus aus. Das bedeutete, sein Mörder war entweder selbst ins Haus gelangt. Oder Werner hatte ihn hereingelassen. Und dann war Werner auf die Terrasse getreten, und der Mörder war ihm gefolgt, mit dem Schürhaken in der Hand ...

❄ 5. DEZEMBER ❄

»Oder die Mörderin«, sagte Kommissar Glöckner in ihre Gedanken hinein.

Hatte sie laut gesprochen? Annika blinzelte. »Oder die Mörderin, ja.«

Kommissar Glöckner sah sie durchdringend an. »Mit einem Schürhaken würde selbst eine kleine Frau genug Kraft entwickeln, jemanden von der Statur Ihres Mannes niederzuschlagen.«

Annika zuckte die Achseln. Sie war plötzlich sehr erschöpft und sehnte sich danach, dass die Kommissare verschwanden. Wann kam endlich ihre Schwester?

»Frau Engels, wer hat denn alles Zugang zum Haus, außer Ihnen und Ihrem Mann? Wer hat alles einen Schlüssel?«

»Die Putzfrau hat einen Schlüssel, ebenso meine Schwester Caro, die im Urlaub die Blumen gießt.«

»Sonst niemand? Haben Sie Kinder?«

»Nein.«

»Haben Sie keinen Schlüssel bei Nachbarn hinterlegt? Für den Fall, dass Sie sich aussperren?«

»Wir haben einen Ersatzschlüssel im Blumentopf.«

»Wo?«

Annikas Blick richtete sich auf die Terrasse. »Dort, an der Mauer. In dem kleinen blauen Topf.«

Der Kommissar erhob sich und trat hinaus auf die Terrasse. Der Schnee war entlang der Hauswand noch makellos und unberührt. Daher hinterließen seine Schritte deutliche Spuren im Schnee, als er die Hauswand entlang schritt und nach dem Topf suchte. Er beugte sich nieder und hob den Topf hoch.

»Nichts«, rief er. »Da ist kein Schlüssel.«

»Aber da muss einer sein!« Wortlos kehrte Kommissar Glöckner zurück und setzte sich ihr gegenüber. Seine Schritte hinterließen nasse Flecken auf dem Parkett.

»Es sieht so aus«, sagte er nachdenklich, »als sei der Mörder mit dem Ersatzschlüssel ins Haus gelangt. Die Frage ist nur: Woher wusste er von diesem Schlüssel?«

6. Dezember

Hier aufschlitzen

Zu ihrem eigenen Erstaunen schlief Annika tief und traumlos. Nachdem die Kommissare gegangen waren, hatte es nur wenige Minuten gedauert, bis ihre Schwester Caro vor der Tür gestanden hatte. »Ich kann es nicht fassen!«, hatte sie geflüstert und Annika in die Arme geschlossen. Und um ihrer völlig erschöpften Schwester beizustehen, hatte Caro bei ihr übernachtet.

Am nächsten Morgen war Annika froh über diese Entscheidung. Als sie ins Wohnzimmer trat, war Caro schon wach. Sie hatte die Vorhänge nicht aufgezogen, sodass der Blick in den Garten versperrt war, wo Werner gelegen hatte.

Annika setzte sich an den gedeckten Frühstückstisch, trank ihren Ostfriesentee und knabberte versuchsweise an einer Scheibe Toast. Ihr Magen war wie zugeschnürt.

Caro stellte einen Teller mit Kokosmakronen, Heidesandplätzchen und Bärentatzen auf den Tisch. »Du bist ganz blass, Schwesterherz. Iss doch ein bisschen was von deinen Plätzchen, du hast ja wirklich wahnsinnig viel gebacken!« Caro aß ebenso gern Süßes wie Annika, aber ihr sah man es nicht an. Schon als Kind hatte sie essen können, so viel sie wollte, ohne ein Gramm zuzunehmen. Mit Vorliebe trug sie bunte selbstgeschneiderte Wickelkleider, die sie kurviger erscheinen ließen, als sie war. Zu jedem Kleid besaß sie eine farblich passende Lesebrille, zumindest kam es Annika immer so vor. Heute war es eine giftgrüne, passend zum grün-türkis gepunkteten Wollkleid. Während Annika gehorsam nach einer Kokosmakrone griff, sah Caro sie nachdenklich an. »Spuren im Schnee«, sinnierte sie.

»Lass uns das noch einmal zusammenfassen. Der Schnee um die Leiche herum war zertrampelt, richtig?«

Annika zuckte zusammen. »Sag nicht Leiche.«

Caro verdrehte die Augen. »Der Schnee um Werners toten Körper herum war zertrampelt. Klingt das besser? Egal. Aber man hat keine Spuren gesehen, die zum Blumentopf führten, richtig?«

»Ich glaube nicht.«

»Und der Schlüssel war fort. Verstehst du nicht, was das bedeutet?«

Annika schüttelte den Kopf.

»Das bedeutet, der Täter hat den Schlüssel spätestens vor vier Tagen geholt. Denn da hat es das letzte Mal doll geschneit.«

»Ja, das stimmt.«

»Es war also ein vorsätzlicher Mord. Oder ein vorsätzlicher Einbruch, je nachdem.«

Annika legte die angebissene Kokosmakrone zurück auf den Teller und schloss die Augen. »Hör auf, Caro, bitte! Wir sind hier doch nicht im Tatort!«

»Na ja«, sagte Caro gedehnt. »Ehrlich gesagt, sind wir genau das. Falls du es vergessen hast: Mein Schwager, also dein Ehemann, wurde ermordet. Mit einem Schürhaken! Das schlägt das, was letzten Sonntagabend im Ersten lief, um Längen.«

Annika rieb sich die Schläfe. »Du hast vollkommen recht, bitte entschuldige. Ich kann das alles noch gar nicht fassen.«

Beruhigend strich Caro ihr über den Arm. »Das ist doch ganz natürlich! Komm, trink noch einen Schluck Tee. Sag mal – wo bist du eigentlich gewesen, als der Mörder ... also der Täter ... als er Werner ... du weißt schon.«

Annika nippte gehorsam an ihrem Tee. »Ich weiß ja nicht, wann genau ... Aber ich war in einer Parfümerie. Um Werners Geschenk zu kaufen. Ich meine natürlich ...« Bei dem Gedanken an das Geschenk, das sie aus reiner Bosheit gekauft hatte, stiegen ihr erneut Tränen in die Augen, und sie blinzelte sie weg.

7. Dezember

Hier aufschlitzen

»Sag mal, weißt du noch, ob du mit Karte bezahlt hast?«, fragte Caro.

»Wie bitte? Ich – äh, ja. Ja, natürlich habe ich mit Karte bezahlt. Ich renne doch an einem Adventssamstag nicht mit so viel Bargeld herum, bei all den Verbrechern, die da unterwegs sind.«

Caro nickte, als sei sie mit dieser Antwort sehr zufrieden. »Das ist gut. Sehr gut.« Sie sah erleichtert aus. »Die Polizei wird das nachprüfen.«

Gedankenverloren nippte Annika erneut an ihrem Tee. »Der arme Werner ... Wer um Himmels willen würde denn so etwas tun? Das frage ich mich immer wieder.«

Caro räusperte sich vielsagend. »Du meinst, außer dir?«

»Wie bitte?« Entgeistert starrte Annika ihre Schwester an.

»Schwesterherz, wenn ich mich recht erinnere, hast du dir genau das gewünscht, was passiert ist. Am liebsten mit einem Schürhaken. 24 mal, einmal für jedes Ehejahr, als blutiger Adventskalender.«

»Woher ...«

Caro schüttelte den Kopf. »Weißt du nicht mehr, vorletztes Wochenende? Als vor dem Rathaus Nikolausmarkt war und du so mit den Nerven am Ende warst wegen der Sache mit dieser Gwendolyn Bauer? Da haben wir Glühwein getrunken. Und Eierpunsch. Und da hast du mir genau beschrieben, wie gern du ihm den Schädel einschlagen würdest. Mit vierundzwanzig ... Na, und so weiter.«

Annika war rot geworden. »Aber das habe ich nur dir erzählt! Es war ein Scherz!«

»Ach ja?«, fragte Caro und zog die Augenbrauen hoch. »Wenn ich dich daran erinnern darf: Es lief schon lange nicht mehr gut zwischen euch. Und dann hast du dieses Parfüm an ihm gerochen und begonnen, ihm nachzuspionieren. Und seit du weißt, dass er eine Affäre hat, willst du ihn abwechselnd verlassen oder umbringen.«

Annika hielt die Luft an. Ja, genau so war es gewesen. Und vor Werner hatte sie sich nichts anmerken lassen, damit er nicht vorgewarnt war und das gemeinsame Konto räumte, ehe sie es tat.

Wobei, wenn er das Geschenk ausgepackt hätte, dann hätte er erkannt, dass sie Bescheid wusste. Unter all den roten und weißen Schleifen befand sich das Parfüm, was sie gerochen hatte. Das Parfüm seiner Geliebten. Noch gestern war ihr dieses Geschenk wie eine sehr gerechtfertigte und sehr ausgeklügelte Rache vorgekommen, jetzt fand sie das Ganze nur noch kleinlich und albern.

»Das ist ja auch alles egal!«, sagte Caro energisch. »Fakt ist: Irgendjemand hat Werner ermordet, und zwar genau so, wie du es vorhattest. Also wusste der Mörder von euren ... äh, euren Spannungen. Und um nicht selbst in den Fokus der Ermittlungen zu geraten, hat er den Verdacht auf dich gelenkt. Es muss also jemand sein, der dich gut kennt. Wer könnte das sein?«

»Keine Ahnung!«, stöhnte Annika.

»Denk nach!«

Annika schüttelte den Kopf. »Wenn es so wäre, wie du sagst, dann hätte dieser Mörder doch nicht ausgerechnet dann zugeschlagen, wenn ich ein Alibi habe. Und er hätte irgendwelche Indizien hinterlassen, die mich belasten ...«

Anerkennend sah Caro sie an. »Das stimmt! Aber ... was dann?«

Beide verstummten.

»Ich weiß nicht«, bekannte Annika ratlos und rieb sich die Stirn. Sie bekam langsam Kopfschmerzen. »Vielleicht will man mich einfach nur ärgern?«

Caro griff erneut nach der Teekanne. »Ich meine das nicht böse, aber ich würde fast sagen, mit dem Tod von Werner hat dir jemand einen Gefallen getan. Außer natürlich ... Sag, Schwesterherz, bist du ganz sicher, dass du es nicht warst?«

»Natürlich bin ich sicher!« Annika klang entrüstet. Doch ein kleiner Zweifel blieb. Hatte sie nicht mehrfach gedacht, dass sie möglicherweise verrückt wurde?

Hier aufschlitzen

8. Dezember

Aber dann fiel ihr das Geschenk ein, das im Stoffbeutel auf der Eichentruhe im Flur lag. Und die Quittung in ihrem Portemonnaie. Beides bewies ihre Unschuld. Und die Kameraaufnahmen in der Parfümerie ebenfalls. Die gab es bestimmt.

Caro fuhr fort: »Aber die Polizei hat dir keine komischen Fragen gestellt?«

»Warum sollten die? Was für Fragen meinst du?«

»Na, so, als ob die dich verdächtigen.«

»Quatsch«, erwiderte Annika, aber im selben Moment wurde ihr klar, dass ein solcher Verdacht keineswegs Quatsch war.

»Na dann ist ja gut«, sagte Caro. »Ehrlich gesagt, ich bin heilfroh, dass die sich nicht mehr haben blicken lassen.«

In diesem Moment klingelte es an der Tür. Erschrocken sahen die Schwestern einander an.

»Ich gehe schon«, flüsterte Caro und verschwand im Flur. Annika hörte, wie sie öffnete. Und dann rief Caro: »Schwesterherz! Das ist die Polizei.« Ihre Stimme klang belegt.

Caro führte die beiden Kommissare ins Wohnzimmer. »Guten Morgen, Frau Engels«, sagte Kommissar Glöckner und ließ sich unaufgefordert in einem Sessel nieder, während sein Kollege Schneider sich an die Fensterbank lehnte. Mit einem leicht irritierten Blick nahm der die zugezogenen Vorhänge zur Kenntnis, die den Blick in den Garten versperrten.

Glöckner räusperte sich. »Sie müssen uns da leider noch einige Fragen beantworten.« In diesem Augenblick fiel sein Blick auf den Teller mit den Bärentatzen, der auf dem Tisch stand, und seine Augen wurden groß.

»Bitte, greifen Sie doch zu«, sagte Caro nervös.

Glöckner ließ sich das nicht zweimal sagen. »Donnerwetter«, sagte er mit vollem Mund. »Sind die selbst gebacken?«

Annika nickte. Was war das für ein Kommissar, der sich für Plätzchen interessierte? Würde er sie jetzt nach dem Rezept fragen?

»Was uns interessiert«, mischte sich Schneider ein, »ist, wie Ihr Verhältnis zu Ihrem Mann war.«

Caro nahm neben Annika Platz und drückte beruhigend ihre Hand.

Annika schloss die Augen. »Wir sind seit 24 Jahren verheiratet.« Dann korrigierte sie sich: »Wir waren es.«

Glöckner suchte sich in aller Ruhe das nächste Plätzchen aus, das mit der meisten Schokolade. Ehe er genüsslich hineinbiss, meinte er: »Das ist keine Antwort auf unsere Frage.«

»Wir führten eine ganz normale Ehe. Mit Höhen und Tiefen.«

»Mhmm. Die sind wirklich köstlich! Frau Engels, gibt es jemanden, der Ihrem Mann schaden wollte? Hatte er Feinde?«

»Nein«, zögerte Annika. »Nein, ich glaube nicht.«

»Wer profitiert denn von seinem Tod? Existiert eine Lebensversicherung?«

Annika nickte. »Ja, natürlich. Die läuft auf mich.«

»Ach!«, sagte Kommissar Glöckner bedeutungsvoll und betrachtete interessiert den Plätzchenteller. Es waren nur noch Kokosmakronen und Heidesand übrig. Das schien seine Stimmung negativ zu beeinflussen.

Caro warf ein: »Das ist bei Ehepartnern ja wohl vollkommen normal!«, und Annika war froh, dass sie das sagte. Sie fühlte sich tatsächlich wie auf der Anklagebank.

Glöckner antwortete nicht.

Annika warf ihrer Schwester einen verzweifelten Blick zu, und diese fragte hastig: »Möchten Sie vielleicht noch ein Plätzchen?«

Glöckner hob die Augenbrauen und lächelte. »Danke, nein. Nun, also, Ihr Mann hatte keine Feinde, und sowohl Erbe als auch Lebensversicherung geht an Sie, sehe ich das richtig?«

In diesem Moment begriff Annika, dass Caro vollkommen recht gehabt hatte. Sie selbst stand unter Verdacht. Und wenn jemand von der Sache mit den 24 Schürhakenhieben wusste ...

❄ 8. DEZEMBER ❄

9. Dezember

Hier aufschlitzen

Nun, jemand musste davon wissen, sonst wäre Werner nicht ... Aber die Polizei konnte nicht wissen, dass das ihr Wunsch ... Sie versuchte zu schlucken, doch ihr Hals war vollkommen ausgetrocknet. »Aber«, flüsterte sie und griff nach dem Wasserglas. »Aber ...«

Caro neben ihr ergriff die Initiative. »Aber meine Schwester hat doch ein Alibi!«

Die Kommissare warfen einander einen Blick zu, dann beugte Schneider sich interessiert vor. »Ach ja?«, fragte er.

»Aber natürlich! Sie war in der Parfümerie. Das haben Sie doch sicherlich überprüft. Es gibt eine Überwachungskamera.«

Bedauernd hob Kommissar Glöckner die Hände. »Leider kann man Frau Engels aufgrund der Aufnahmen nicht erkennen.«

»Aber ...«, flüsterte Annika. »Ich war da! Ich trug einen schwarzen Mantel und eine rote Mütze und einen roten Schal! Das müssen Sie doch auf den Aufnahmen gesehen haben.«

»Ich habe beides selbst gestrickt, mit Wolle aus meinem Wollladen, das kann ich bezeugen«, ergänzte Caro.

Der Kommissar lächelte. »Wie praktisch, dass Sie rein zufällig so auffällig gekleidet waren! Geradezu auffallend praktisch, finden Sie nicht?«

»Wie meinen Sie das?«

»Nichts, nichts. Nun, man sieht in der Tat eine Frau mit Ihrem Mantel, roter Mütze und rotem Schal, das stimmt. Aber das Gesicht wird von Mütze und Schal fast vollständig verdeckt, sodass sich Frau Engels nicht eindeutig identifizieren lässt.«

Mit schriller Stimme rief Annika: »Ich kann Ihnen Mütze und Schal zeigen! Die Frau in den Aufnahmen bin ganz eindeutig ich!«

Der Kommissar legte den Kopf schief. »Oder jemand anders, der eine rote Mütze und einen roten Schal trägt.«

»Wie meinen Sie das?«

❄ 9. DEZEMBER ❄

Der Kommissar schnaubte. »Es könnte jede Frau sein, die in etwa Ihre Größe hat und einen dicken Steppmantel trägt. Zum Beispiel Sie, Frau ...« Er lächelte Caro an.

Doch Caro lächelte nicht zurück.

»Sie sehen sich ja durchaus ähnlich, Sie beide. Beinahe dieselbe Statur, dieselben langen dunklen Haare ...«

Caro funkelte ihn wütend an. »Wir sind rein zufällig Schwestern, falls Sie das vergessen haben! Da ist es kein Wunder, dass wir uns ähnlich sehen! Und außerdem, so ähnlich sehen wir uns gar nicht, Sie haben wohl keine Augen im Kopf!« Sie zupfte an ihrem türkis-grünen Wollkleid, um zu unterstreichen, was sie meinte.

Kommissar Glöckner hob beschwichtigend die Hände. »Oh, wir machen hier nur unseren Job.«

Annika schloss die Augen. »Selbstverständlich. Wenn Sie jetzt bitte gehen würden. Ich glaube, ich fühle mich nicht gut.«

»Aber natürlich«, sagte Glöckner, erhob sich und verabschiedete sich. Schneider folgte ihm wortlos. Caro begleitete die beiden zur Haustür.

Wütend kam sie zurück zu Annika. »Was denen einfällt! Ich ärgere mich, dass ich ihnen sogar Plätzchen angeboten habe. Dieser Kommissar Glöckner! Erst hat er alle deine Bärentatzen aufgefuttert, und dann ist er damit rausgerückt, dass sie dich verdächtigen! Dich, die trauernde Witwe!«

»Meinst du, er hält mich wirklich für eine Mörderin?« Annika atmete tief durch.

»Der Kommissar? Das tun sie beide, würde ich sagen. Soll ich noch ein paar Tage bei dir bleiben, Schwesterherz?«, fragte Caro besorgt.

»Das wäre schön. Aber ... Musst du nicht arbeiten?«

Caro griff ihre Hand und drückte sie. »Ach, in meinem Wollladen ist gerade eh nicht viel los. Komm, nimm noch eine Makrone!«

»Lieber einen Schlehenlikör«, bat Annika.

❄ 9. DEZEMBER ❄

10. Dezember

Den Rest des Tages verbrachte Annika damit, Umschläge für die Traueranzeigen zu beschriften, Plätzchen zu essen und in die Luft zu starren. Am Nachmittag nahm sie ein heißes Schaumbad mit Lavendelduft. Abends briet Caro Spiegeleier und kochte ihr einen Beruhigungstee, in den sie etwas Rum goss.

Schon um acht lag Annika im Bett. Ruhelos warf sie sich von einer Seite auf die andere. Was würde sie bloß ohne Caro machen?

Dann endlich fiel Annika in einen unruhigen Schlaf.

Doch der sollte nicht lange währen.

Annika sah unter ihr Bett, und da lag der Schürhaken, blutverschmiert. Sie wollte danach greifen, doch mit Entsetzen bemerkte sie, dass ihre Hände ebenfalls blutverschmiert waren. Annika öffnete den Mund zu einem Schrei, aber kein Geräusch war zu hören – da wachte sie auf. Ein Traum. Es war ein Traum gewesen. Sie erhob sich, ihr Herz klopfte heftig. Sie strich sich das verschwitzte Haar aus dem Gesicht und schaltete die Nachttischlampe an. An Schlaf war vorerst nicht zu denken. Aber vielleicht würde es sie beruhigen, wenn sie einige Seiten las? Sie wollte gerade nach dem Buch auf ihrem Nachttisch greifen, als sie das Geräusch von unten hörte. Es kam aus dem Arbeitszimmer.

Da war jemand!

Wie in Zeitlupe erhob sich Annika, bemüht, kein Geräusch zu machen. Sie streckte die Hand aus und löschte das verräterische Licht, dann schlich sie zur Tür und öffnete sie leise. Tatsächlich! Aus dem Arbeitszimmer im Erdgeschoss ertönte gedämpftes Gepolter.

Auf Zehenspitzen schlich Annika die Treppe hinunter und lauschte. Nichts. Wer auch immer da im Arbeitszimmer zugange war, war verstummt. Vielleicht, weil er sie gehört hatte?

Aber was bedeutete das? Lauerte er ihr im dunklen Arbeitszimmer auf? Oder war er längst entwischt, während sie hier stand und die Dunkelheit bewachte?

Entschlossen nahm Annika einen Regenschirm aus dem Schirmständer, der als Waffe taugen

mochte. Ihr Herz klopfte wild, als sie das Arbeitszimmer betrat und blitzschnell zum Lichtschalter griff. Helligkeit flutete den Raum, und obwohl sie vorbereitet war, musste sie für einen Moment geblendet die Augen schließen.

Dann öffnete sie sie wieder. Hier war niemand. Aber der Stuhl vor dem Schreibtisch stand schief, so, als sei jemand dagegen gestoßen. Doch wer? Und vor allem: Wo war er hin?

Ein Geräusch im Flur ließ sie zusammenzucken. Blitzschnell knipste Annika das Licht wieder aus und näherte sich lautlos der Tür. Es war stockdunkel. Sie tastete nach dem Lichtschalter und wartete mit angehaltenem Atem. Da – da war wieder ein Geräusch, direkt vor ihr. Mit der einen Hand umklammerte sie den Regenschirm, die andere drückte den Lichtschalter und erneut flammte Helligkeit auf.

Und dann ertönte ein Schrei und gleich darauf ein zweiter.

Und sie erkannte, wer da vor ihr stand.

❄ 10. DEZEMBER ❄

11. Dezember

Hier aufschlitzen

Caro!«, rief Annika überraschte. »Was machst du hier?«

»Dasselbe könnte ich dich fragen!« Caro stand vor ihr im Flur und blinzelte erschreckt. Sie trug einen schreiendbunten Morgenmantel mit riesigen pinken und roten Blumen auf gelbem Grund. In der Hand hielt sie eine gelbe Lesebrille, mit der sie aufgeregt herumwedelte. »Ich habe Geräusche gehört und wollte nachsehen, woher die kommen. Äh – kannst du den Schirm herunternehmen? Ich habe Angst, dass du mich damit erwischst!«

Erst jetzt wurde Annika bewusst, dass sie den Schirm immer noch drohend in die Luft hielt, und ließ ihn sinken. »Und warum warst du im Arbeitszimmer?«

Caro gähnte. »Das war ich gar nicht. Ich bin gerade eben erst heruntergekommen. Ich sagte doch schon, dass ich Geräusche gehört habe, genau wie du.«

»Aber«, flüsterte Annika, »wer war dann im Arbeitszimmer?«

»Hast du niemanden gesehen?«

»Nein. Aber es sieht aus, als sei jemand am Schreibtisch gewesen.«

»Fehlt denn etwas?«

»Das weiß ich nicht. Wir sollten nachsehen.«

»Ja. Lass uns ...« Caro brach ab. Fröstelnd zog sie die Schultern unter dem Morgenmantel zusammen und sah sich um. »Spürst du das auch? Diesen Luftzug? Da muss etwas im Wohnzimmer sein.«

Tatsächlich! Es schien auch Annika so, als sei es plötzlich kälter geworden.

Caro trat vor ihr ins Wohnzimmer und knipste das Licht an. Nichts. Alles erschien unberührt, die beiden Sofas, die Regale mit den Büchern, der Schrank mit dem Geschirr. Und doch war es so kalt wie in einem Grab. Und dieser Luftzug ...

Caro durchquerte den Raum und zog die Vorhänge beiseite.

Da! Die Terrassentür stand offen. Daher kam also diese Kälte! Entschlossen drückte Caro die Tür ins Schloss.

❄ 11. DEZEMBER ❄

»Unser Eindringling ist entwischt«, stellte sie fest. »Wie ärgerlich, dass kein Schnee mehr liegt, sonst könnten wir seine Spuren sehen.«

Ja, dachte Annika. Oder praktisch. Denn was, wenn überhaupt niemand durch die Terrassentür entkommen war?

Nein, das konnte nicht sein! Oder doch?

Was, wenn ihre Schwester den Moment genutzt hatte, um heimlich die Terrassentür zu öffnen und so die Theorie von einem Einbrecher zu untermauern? Doch wozu hätte sie das tun sollen? Nein, die Idee war verrückt.

»Alles okay?«, fragte Caro. »Du guckst so komisch.«

»Ja«, sagte Annika leicht abwesend. »Alles wunderbar. Ich überlege gerade nur, ob ich die Polizei rufen soll.«

»Das wäre bestimmt das Richtige. Lass uns jetzt ins Bett gehen. Wir reden morgen darüber.«

Als Annika im Bett lag, überfiel sie wieder das Zittern. Doch diesmal kam es nicht von der Kälte, sondern von dem Schrecken. Dem Schrecken über ihre eigenen Gedanken. Konnte es sein, dass sie da gerade ihre eigene Schwester verdächtigte, dass sie ...

Ja, was überhaupt?

❄ 11. DEZEMBER ❄

Hier aufschlitzen

12. Dezember

Am nächsten Morgen waren Annikas seltsames Misstrauen und die kruden Gedanken verflogen wie ein böser Traum. Der Tee dampfte auf seinem Stövchen, und sie bestrich ihren knusprigen Toast mit Orangenmarmelade. Welchen Hirngespinsten war sie da bloß nachgehangen? Zufrieden seufzte sie und biss in ihren Toast. Nachdenklich blickte sie zu Caro. »Ich frage mich, was der Einbrecher gesucht hat.«

Caro ließ die Zeitung sinken und schob sich die Lesebrille in die Haare. Heute war sie pink. »Bist du ganz sicher, dass hier keine Wertsachen versteckt sind? Irgendwelche Erbstücke, von deren Wert du vielleicht keine Ahnung hast?«

»Nein, Wertsachen gibt es hier ganz sicher nicht!«

»Aber aus irgendeinem Grund muss hier jemand eingestiegen sein. Und aus irgendeinem Grund wurde Werner schließlich auch umgebracht.«

Annika dachte nach. »Wer auch immer Werner erschlagen hat, hatte doch wohl mehr als genug Zeit, sich das zu holen, was er brauchte.«

»Offenbar nicht.«

»Aber natürlich!«, erwiderte Annika, ihrer Sache nun ganz sicher. »Überleg noch mal, es ist bestimmt eine Stunde vergangen zwischen dem Mord und meinem Eintreffen.«

»Und warum ist er dann zurückgekommen? Damit ist er doch ein Risiko eingegangen.«

Das stimmte natürlich. Annika runzelte die Stirn. »Vielleicht ist ihm erst im Nachhinein eingefallen, was er suchte. Oder das war jemand anders. Oder …«

»Ja?«, fragte Caro und biss in ihren Toast, dass es nur so krachte.

»Oder wir sind auf der komplett falschen Fährte. Vielleicht hat er auch etwas vergessen in der Mordnacht? So oder so sollten wir vielleicht mal das Arbeitszimmer durchsuchen, vielleicht finden wir irgendetwas, was uns weiterhilft. Denn klar ist: Wir haben da jemanden gestört, also muss sich das, weswegen der Einbrecher gekommen ist, noch da befinden.«

Caro nickte anerkennend. »Schon mal daran gedacht, Detektivin zu werden?«

❄ 12. DEZEMBER ❄

Das Arbeitszimmer war immer Werners liebster Aufenthaltsort gewesen. Dunkle Regale zogen sich bis an die Decke, vor dem Fenster stand ein großzügiger Schreibtisch aus massiver Eiche, dessen Tischbeine in mächtige Klauen mündeten.

Werner hatte diesen Raum schon vor Jahrzehnten mit Büchern bestückt, und da das Zimmer mehr Regale besaß, als er benötigte, hatte er einige gebrauchte Lexikonreihen erstanden. Er benutzte sie zwar nicht, aber die vielen Buchrücken sahen wirklich gut aus. Wenn man jetzt im Raum stand und den Blick schweifen ließ, wusste man allerdings nicht, wo man anfangen sollte zu suchen, fand Annika. Sie trat an eines der Regale und nahm einen schweren Band heraus. Theoretisch konnte sich hinter all diesen Büchern etwas verbergen.

Sie blätterte das Buch durch, ihr war etwas eingefallen. »Manche Menschen machen doch Verstecke in so dicke Bücher. Sie schneiden einen Klotz Papier aus der Mitte, darin kann man dann ganz leicht etwas verstecken.«

»Interessant«, sagte Caro, trat an den Schreibtisch und setzte ihre Lesebrille auf.

»Was, wenn Werner so etwas gemacht hat? Dann müssen wir jedes einzelne Buch aus dem Regal nehmen und durchblättern.«

»Und dabei wissen wir noch nicht einmal, was wir suchen«, seufzte Annika.

»Äh«, meldete sich ihre Schwester. »Also ich für meinen Teil habe schon etwas gefunden. War ganz einfach.«

»Wie bitte?«

»Sieh dir das an!«

❄ 12. DEZEMBER ❄

Caro stand vor dem Schreibtisch, dessen Schublade sie weit aufgezogen hatte. Die Hand hielt sie vor den Mund gepresst, als müsste sie einen Schrei ersticken. Annika kletterte eilig die Leiter hinunter, um zu sehen, was ihre Schwester da entdeckt hatte.

Und dann sah sie es.

Was da in Werners Schreibtischschublade lag zwischen Papieren, Pfeifen und Schreibutensilien. Nämlich eine große glänzende Pistole.

Fassungslos starrten beide auf die Waffe.

»Warum hat Werner eine Pistole?«, flüsterte Caro.

»Das weiß ich doch nicht! Ich hatte doch keine Ahnung!« Ungläubig starrte Annika auf die Waffe. Vorsichtig streckte sie die Hand danach aus, zog sie aber schnell wieder zurück.

»Denk nach, Annika! Wann bist du denn das letzte Mal an dieser Schublade gewesen?«

»Gar nicht. Warum sollte ich an Werners Schublade gehen? Die Versicherungsunterlagen und der ganze andere Papierkram befinden sich in den Ordnern im Regal. Ich hätte mir das irgendwann in den nächsten Tagen vorgenommen.« Sie warf einen beinahe ängstlichen Blick auf die Pistole. Und auf die Pfeifen. Der Arzt hatte Werner das Rauchen streng verboten, und er hatte eigentlich seine Pfeifen weggeworfen, zumindest hatte er das behauptet. Versteckte er in dieser Schublade seine Geheimnisse? Offenbar. Anscheinend hatte er noch mehr Geheimnisse gehabt als nur seine Geliebte. Pfeifen und eine Pistole!

Annika wollte erneut nach der Pistole greifen, doch da ließ Caros Ausruf sie zurückzucken: »Stopp! Was, wenn du Fingerabdrücke hinterlässt?«

»Na und? Ich kann doch wohl etwas anfassen, was in meinem Haus liegt!«

»Wir sollten erst einmal nachdenken. Komm, ich mache uns einen Tee.«

Zu dem Tee und etwas Gebäck trank Annika zur Sicherheit noch ein Likörchen. Inzwischen war sie sich sicher, dass sie den Fund nicht der Polizei melden wollte. »Nachher macht mich das noch verdächtiger, als ich ohnehin schon bin. Und außerdem ... Es kann gar nicht schaden, eine Pistole im Haus zu haben, wenn hier Mörder und Einbrecher ein- und ausgehen.« Sie unterdrückte ein Kichern. Das Likörchen hatte wirklich gutgetan!

»Was für eine Waffe ist das überhaupt? Steht da etwas dran? Ein Fabrikat?«

Caro schüttelte amüsiert den Kopf. »So wie eine Waschanleitung? Eine Schusswaffe ist doch kein T-Shirt.«

»Was weiß denn ich? Komm, wir googeln das.« Annika hatte schon ihr Smartphone gezückt. Stirnrunzelnd betrachtete sie verschiedene Bilder von Schusswaffen und klickte sie durch, ehe sie endlich eine fand, die der aus der Schublade glich. »Es ist eine Glock«, informierte sie ihre Schwester.

Beeindruckt starrten die beiden Frauen auf die Waffe.

Caro murmelte: »Was mir wirklich nicht einleuchten will: Wer zum Henker sollte ein Interesse daran haben, Werner umzubringen und dir dann die Pistole unterzujubeln? Doch nur jemand, der dir die Schuld in die Schuhe schieben will.«

Entschieden schüttelte Annika den Kopf. »Aber das ergibt doch gar keinen Sinn! Werner wurde schließlich nicht erschossen, sondern erschlagen!«

»Na, wenn das so ist, dann macht diese Pistole dich ja gar nicht verdächtig. Warum willst du dann nicht einfach die Polizei rufen?«

»Weil«, setzte Annika an und stutzte dann. Sie wusste es selbst nicht. Oder doch. »Weil ich befürchte, dass die mich dann fragen, warum ich nicht schon heute Nacht die Polizei gerufen habe.« Sie goss sich schnell noch ein Likörchen ein.

Caro legte die Stirn in Falten. »Mir fällt ehrlich gesagt nur eine einzige Person ein, die ein Interesse daran haben könnte, dir den Mord an Werner in die Schuhe zu schieben: Gwendolyn Bauer.«

14. Dezember

Hier aufschlitzen

Annika schüttelte den Kopf. »Weswegen sollte die Werner überhaupt umbringen? Sie hatte ihn doch sicher!«

»Das«, sagte Caro, »sollten wir sie vielleicht langsam mal fragen.«

Annika nickte nachdenklich. »Ja. Vielleicht ist es wirklich Zeit, dass ich sie mal aufsuche.«

Aber was würde Gwendolyn Bauer tun, wenn die Gattin ihres verstorbenen Geliebten vor ihrer Tür stand, um zu fragen, ob sie ihn ermordet hatte?

Nun, das würde Annika bald wissen.

Annika erinnerte sich noch genau an den grauen Novembertag, an dem sie Werner mit dem Auto gefolgt war und, hinter das Lenkrad geduckt, zugesehen hatte, wie er in das kleine Haus mit der Nummer 14 getreten war. Seine Geliebte hatte ihm die Tür geöffnet und ihn hereingelassen. Genau die Frau, die jetzt ohne Widerrede sie selbst und Caro hineinbat. Sie lächelte sogar, als sie ihre Mäntel an der Garderobe aufhängte.

Gwendolyn Bauer war eine gut aussehende, diskret gefärbte Blondine, die eine Vorliebe für Taubenblau hatte. Sie trug ein taubenblaues Twinset, taubenblaue Pantoffeln zu weißen Jeans und auf den beiden weißen IKEA-Sofas im Wohnzimmer türmten sich zahlreiche taubenblaue Kuschelkissen. Immerhin trug sie kein witwenhaftes Schwarz. Sie sah auch kein bisschen traurig aus dafür, dass ihr gerade erst der Geliebte mit einem Schürhaken erschlagen worden war. Und sie roch durchdringend nach dem Parfum, das Annika bereits kannte.

»Kaffee?«, fragte Gwendolyn Bauer freundlich.

»Gern«, erwiderte Caro, während Annika den Mund nicht aufbekam. Annika grübelte. Irgendetwas an dieser Frau kam ihr bekannt vor, aber sie kam nicht darauf, was es war. Sicher, sie hatte sie bereits aus der Entfernung beobachtet. Aber das war es nicht …

Gwendolyn Bauer schenkte Kaffee ein, reichte Zucker und lächelte, wobei sie zwei Reihen prächtig-weißer Zähne sehen ließ. Auch diese Zähne kamen Annika bekannt vor. Aber woher?

Gwendolyn Bauer räusperte sich. »Würden Sie mir jetzt freundlicherweise verraten, was Sie zu mir führt?«, fragte sie. »Wie Zeuginnen Jehovas sehen Sie nicht aus.« Das sollte offenbar witzig gemeint sein, denn sie zwinkerte dabei.

»Mein Mann ist ermordet worden«, begann Annika ohne Umschweife.

Gwendolyn Bauer schien nicht überrascht. »Oh wirklich? Mein allerherzlichstes Beileid.«

»Werner Engels. Ich glaube, den kennen Sie ziemlich gut.«

Frau Bauer lächelte wieder. »Was Sie nicht sagen.«

Entschlossen stellte Annika ihre Tasse ab. »Ich will ganz offen zu Ihnen sein, Frau Bauer. Kurz vor seinem Tod hat mein Mann begonnen, sich seltsam zu verhalten. Er hat ungewöhnliche Anrufe bekommen, ist später als sonst nach Hause gekommen, all so etwas. Ich habe begonnen, ihn zu beobachten, und mehrmals bin ich ihm zu Ihrem Haus gefolgt. Ich weiß, dass Sie eine Affäre mit ihm hatten.«

Gwendolyn Bauer legte den Kopf in den Nacken und lachte los. Sie lachte laut und ansteckend, und wenn irgendetwas an der Situation komisch gewesen wäre, hätte Annika sogar in ihr Lachen mit eingestimmt. So aber presste sie die Lippen zusammen und starrte die Geliebte ihres verstorbenen Mannes an, die sie offenbar auslachte. Mit einem Lachen, das ihr auch irgendwie bekannt vorkam. Es klang wie das Lachen von …

»Das ist zu komisch!«, lachte Gwendolyn Bauer und wischte sich Lachtränen aus den Augenwinkeln. »Aber ganz ehrlich, liebe Frau Engels, für diesen Vorwurf kommen Sie fast ein Vierteljahrhundert zu spät!«

Und dann ging Annika ein Licht auf. Und sie erkannte plötzlich, auf wessen Sofa sie da saß.

15. Dezember

Hier aufschlitzen

Fluchtartig hatte Annika die Mäntel gegriffen und das Haus verlassen, Caro stolperte verwirrt hinter ihr her. »Was ist denn los?«, fragte sie, aber Annika gab keine Antwort. »Ich muss mich setzen«, keuchte sie. »Und ich brauche Kuchen. Für die Nerven.«

Erst als sie in einem gemütlichen Café saßen und Tee und Christstollen vor ihnen standen, kehrten Annikas Lebensgeister zurück. »Ich fasse es nicht«, stieß sie hervor und biss in den Christstollen, dass der Puderzucker nur so rieselte. »Gwendolyn Bauer, warum bin ich da nicht vorher drauf gekommen? Sie kam mir gleich irgendwie bekannt vor ... Ich habe sie ja öfters gesehen und noch öfter am Telefon gehabt ...«

»Ich verstehe kein Wort«, bekannte Caro.

»Sie war ganz früher Werners Sekretärin, aber da hieß sie noch Gwendolyn Meyer. Er sprach immer nur von Frau Meyer, aber ... Ja, das war ihr Vorname. Offenbar hat sie inzwischen geheiratet.«

»Moment, Moment«, rief Caro. »Werners Sekretärin? Seine frühere Sekretärin? Nicht seine Geliebte?«

»Ja, genau! Wenn es stimmt, was sie sagt, dann ist das längst vorbei. Ich bin so durcheinander! Bin ich jetzt wütend, dass er damals eine Affäre hatte? Oder froh, dass er heute keine hat? Ich werde ganz konfus!« Annika trank ihren Tee aus und schloss die Augen.

Caro räusperte sich. »Und es wird noch komplizierter, fürchte ich.«

»Wirklich?«

»Ich könnte schwören, dass ich diese Frau vom Nikolausmarkt kenne! Sie stand genau hinter dir, als wir ... Mir ist ihr schicker taubenblauer Kunstpelz aufgefallen, das weiß ich noch. Ich dachte noch, dass der in Türkis nicht so trist aussehen würde. Oder in einem kräftigen Orange.«

✳ 15. DEZEMBER ✳

»Na und?«, fragte Annika und aß hungrig das letzte Stück Christstollen. »Was ist daran so schlimm?«

Erregt beugte Caro sich vor. »Das bedeutet, dass sie möglicherweise gehört hat, wie du mir deine Mordphantasie mit den 24 Schürhakenhieben erzählt hast. Zumindest sie weiß also davon.«

»Aber ... Was bedeutet das?«

»Nun, wir haben uns doch gefragt, wer überhaupt davon wissen konnte«, sagte Caro. Dann schnüffelte sie und sah sich um. »Es riecht hier nach ihr.«

Annika schnüffelte ebenfalls. »Sie hat sich so mit diesem scheußlichen Parfum eingenebelt, dass unsere Mäntel an der Garderobe den Geruch angenommen haben. Vermutlich hat Werner daher nach diesem Parfüm gerochen.«

»Und er muss ihr also auch gar nicht zu nahe gekommen sein«, bekräftigte Caro und hob die Augenbrauen.

Annika nickte. »Das mag sein. Aber weißt du, was ich mich jetzt frage? Warum hat Werner sie überhaupt immer wieder besucht? Darauf haben wir gar keine Antwort bekommen.«

❄ 15. DEZEMBER ❄

16. Dezember

Hier aufschlitzen

Der Morgen der Testamentseröffnung begann mit Nieselregen. Die Temperaturen waren gestiegen und hatten die letzten Schneereste schmelzen lassen. Erleichtert stellte Annika fest, dass auch die Spuren auf der Terrasse verschwunden waren und sie nicht mehr ständig daran erinnerten, was sich dort abgespielt hatte.

»Gut, dass der Regen alles fortspült«, dachte sie, als sie durch das Fenster nach draußen sah. Ebenso gut war es, dass Werner bald begraben, das Testament verlesen war und alles wieder seine Ordnung hatte. Dann konnte sie vielleicht ein neues Leben beginnen, selbst wenn Werners Mörder noch frei herumlief. Oder seine Mörderin ...

Caro schenkte ihr Tee nach. »Ist alles in Ordnung, Schwesterherz? Bist du aufgeregt wegen der Testamentseröffnung?«

Annika schüttelte den Kopf. »Das ist eine reine Formalität. Wir haben kurz nach der Heirat unseren Nachlass geregelt, dazu hatte Dr. Weber, unser Notar, geraten. Selbstverständlich haben wir einander als Erben eingesetzt, eine kleine Summe geht an den Katzenschutzbund. Möchtest du nicht mitkommen? Dann können wir danach im Café ein Stück Kuchen essen und vielleicht ein wenig bummeln.« Annika dachte nicht nur an Kuchen, sondern auch an Glühwein. Oder Eierpunsch.

»Aber natürlich, Schwesterherz«, stimmte Caro zu.

Mit Schirmen bewaffnet stapften sie los. Die Kanzlei von Dr. Weber befand sich in der Innenstadt.

»Mein Beileid, mein Beileid«, murmelte er, als er ins Wartezimmer trat und sie ins Besprechungszimmer bat. Sein Händedruck war ungewöhnlich fest. Annika und Caro nahmen auf den schicken Stühlen Platz. Statt mit dem Prozedere zu beginnen, räusperte sich Herr Dr. Weber und sah angespannt auf die Uhr.

»Wollen wir nicht beginnen?«, fragte Annika irritiert.

Dr. Weber zupfte unbehaglich an seiner Krawatte herum. »Wir sind noch nicht vollständig«, murmelte er.

Entgeistert starrte Annika ihn an. »Wie bitte? Aber ich bin doch da! Nach dem Wortlaut des Testaments ...«

Im Flur ertönten Schritte und leises Gemurmel, offenbar hatten noch andere Mandanten die Kanzlei betreten und sprachen mit der Sekretärin.

Weber schüttelte den Kopf. »Es tut mir leid, Frau Engels, Ihr Gatte hat kurz vor seinem Tod das Testament geändert. Er hat ... Ah, da sind Sie ja!«

Die Tür war geöffnet worden. »Herr und Frau Bauer sind auch da«, flötete die Sekretärin.

»Herr und Frau ...?« Annika glaubte ihren Ohren nicht zu trauen. Und dann, als sie sah, wer da den Besprechungsraum betrat, traute sie nicht einmal ihren Augen.

Gwendolyn Bauer stand da, in einem taubenblauen Hosenanzug, um den Hals eine Perlenkette.

Und neben ihr stand Werner.

Werner, wie er leibte und lebte.

Annika stieß einen Schrei aus und taumelte auf ihren verstorben geglaubten Mann zu.

»Werner!«, rief sie mit erstickter Stimme.

❄ 16. DEZEMBER ❄

 17. Dezember

Hier aufschlitzen

Da erst erkannte Annika ihren Irrtum. Der Mann, der hier vor ihr stand, war nicht etwa der alte Werner, sondern eine wesentlich jüngere Version von ihm.

Gwendolyn Bauer und der junge Werner ließen sich nach einem entschuldigenden Blick in die Runde ebenfalls vor dem Schreibtisch des Notars nieder. Diesem war die Situation sichtlich unangenehm.

»Anwesend sind …«, leierte er herunter, aber Annika konnte sich kaum auf das konzentrieren, was er sagte. Immer wieder starrte sie zu dem jungen Mann, der Werner wie aus dem Gesicht geschnitten war. Der natürlich nicht der wiederauferstandene Werner sein konnte, ebenso wenig wie eine verjüngte Version. So etwas gab es nicht.

Langsam setzte sich in ihrem Kopf alles zusammen, Puzzlestück für Puzzlestück fügte sich in Zeitlupe zu einem logischen Gesamtbild. Werner hatte vor vielen Jahren eine Affäre mit seiner Sekretärin gehabt. Aus dieser Geschichte war offenbar ein Sohn hervorgegangen. Dann hatte Gwendolyn, die damals noch Meyer hieß, einen Herrn Bauer geheiratet, der ihr und dem Sohn den Namen gegeben hatte.

»Warum wusste ich nichts davon?«, platze sie heraus.

Caro, die neben ihr saß, griff beruhigend nach ihrer Hand.

Dr. Weber raschelte irritiert mit den Papieren, die er in den Händen hielt. »Soll ich unterbrechen?«

»Annika, du musst zuhören«, flüsterte Caro und stieß sie in die Seite. Annika versuchte sich zu konzentrieren.

»Mit Entsetzen habe ich vernommen«, las der Notar aus Werners Testament vor, »dass meine geliebte Frau auf dem Nikolausmarkt ihre Absicht verkündet hat, mich umzubringen. Daher habe ich kein schlechtes Gewissen, mein gesamtes Vermögen meinem leiblichen Sohn, Christoph Bauer, zu hinterlassen, den ich viel zu spät kennenlernen durfte. Mein …«

Mit versteinerter Miene hörte Annika zu.

Der Notar warf ihr einen nervösen Blick zu. Caro raunte: »Du bekommst natürlich deinen Pflichtteil und die Lebensversicherung.«

Den Rest der Testamentsverlesung erlebte Annika wie durch Watte. Als es überstanden war, umklammerte Caro ihren Arm und geleitete sie hinaus in den Nieselregen. »Tief durchatmen, Schwesterherz«, flüsterte sie.

Jemand trat auf sie zu. »Wollen wir kurz reden?« Annika sah auf und blickte in Werners blaue Augen. Nein, es waren die Augen von Christoph Bauer, seinem Sohn. Seinem Sohn, der einen anderen Namen trug. Sie gab sich einen Ruck und nickte.

»Ich«, begann Christoph Bauer und stutzte. Das Reden fiel ihm sichtlich schwer. »Ich habe nie gewusst, dass mein Vater nicht mein Vater war. Also Herr Bauer. Also ... Sie verstehen schon.«

Annika nickte. Sie verstand.

»Meine Eltern haben sich erst voriges Jahr scheiden lassen, und meine Mutter wollte zurück in ihre Heimat. Ich habe sie hier besucht, und eines Morgens las ich die Lokalzeitung und fand dort zu meiner Überraschung ein Foto von einem Mann, der mir wie aus dem Gesicht geschnitten schien. Ich habe angefangen, Fragen zu stellen, und so kam eins zum anderen.«

»Ich verstehe«, sagte Annika leise.

Der junge Mann sah sie an, als wollte er sie um Verzeihung bitten. »Ich habe meiner Mutter gesagt, dass ich meinen leiblichen Vater kennenlernen möchte. Sie hat ihn dann kontaktiert und ihm eröffnet, dass er einen Sohn hat.«

Annika schloss die Augen. Das war es gewesen! Werners Unaufmerksamkeit, seine Abwesenheit, die Telefonate ... Es war nicht um seine Geliebte gegangen, sondern um seine Ex-Geliebte, oder eher: um seine späte, unerwartete Vaterschaft. All ihre Wut, die Mordphantasien waren nur aufgrund eines Missverständnisses ...

❄ 17. DEZEMBER ❄

Und doch hatte Werner davon erfahren. Es musste ihn maßlos verletzt haben und hatte dazu geführt, dass er sich zum Schutz eine Schusswaffe zugelegt und sie praktisch enterbt hatte. Und dann waren ihre Mordgedanken auch noch grausame Wirklichkeit geworden ...

Caro blieb auch am folgenden Tag noch, um ihr zu helfen. Sie kochte Tee und Suppe, lüftete und räumte und verteilte Plätzchenteller im ganzen Haus, während Annika ihren Verpflichtungen nachkam.

Es war viel zu tun: Sie telefonierte mit dem Bestatter, sie telefonierte mit der Rechtsmedizin, wo sie erfuhr, dass Werners Leiche immer noch nicht freigegeben war. Sie nahm zahlreiche Anrufe von schockierten Freunden, Bekannten und Verwandten entgegen. Und da waren all die Formalitäten, die nach einem Todesfall zwangsläufig in Angriff zu nehmen waren: Bank! Rente! Versicherungen!

Außerdem hatte sie kiloweise Zucker, Mehl und Kuvertüre gekauft und brannte darauf, endlich loszulegen und neue Plätzchen zu backen. Der Gedanke an mehrere hübsche weihnachtlich gemusterte Dosen gefüllt mit Bärentatzen beruhigte sie. Ob sie dem Kommissar wohl eine davon schicken oder vorbeibringen sollte? Annika schüttelte bei dem Gedanken den Kopf und verwarf ihn sofort wieder. Das wäre ja eine Art Bestechung und würde sie noch verdächtiger machen!

Am frühen Nachmittag trat Annika an den Briefkasten und fragte sich, was für behördliche Schikanen wohl diesmal darin auf sie warten würden. Sie fand zwei Briefe von der Versicherung, zwei steife Umschläge, die sorgfältig beschriftet waren und vermutlich Kondolenzschreiben enthielten, und einen billigen weißen Umschlag, unfrankiert, ohne Anschrift und Absender. Jemand musste ihn also direkt in ihren Briefkasten eingeworfen haben. Annika sah die Straße hinunter, aber natürlich

war niemand zu sehen. Für einen Augenblick betrachtete sie den Umschlag und zögerte. Im Nachhinein würde sie feststellen, dass sie bereits in diesem Moment ein ungutes Gefühl gehabt hatte. Mit der Post in der Hand trat sie zurück ins Wohnzimmer und setzte sich an den Esstisch.

»Alles in Ordnung?«, fragte Caro, die gerade einen Apfel in Spalten schnitt.

»Ja, ja, alles bestens«, entgegnete Annika gedankenverloren und nahm erneut den verräterischen Umschlag zur Hand. Kurz entschlossen riss sie ihn mit dem Zeigefinger auf. Ein zusammengefaltetes Din A4-Blatt kam zum Vorschein.

Darauf standen in Druckbuchstaben nur drei Worte. Aber die hatten es in sich. Ungläubig starrte Annika auf das Papier. Das konnte doch wohl nicht wahr sein!

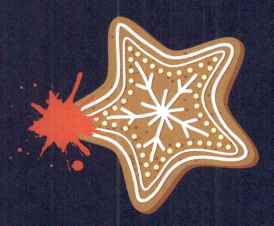

19. Dezember

Hier aufschlitzen

Verwirrt legte Annika den Brief auf den Tisch. Was hatte das zu bedeuten?

Sie schrak zusammen, als eine Hand sie von hinten berührte. Es war Caro, die hinter sie getreten war. »Schwesterherz, was ist denn los? Du stößt einen kellertiefen Seufzer nach dem anderen aus. Und hier, iss etwas Apfel, du brauchst zwischendurch ein paar Vitamine als Gegengewicht zu dem ganzen Süßkram!«

Annika reichte ihr den Bogen. »Sieh mal, was ich eben im Briefkasten gefunden habe. Ein anonymer Brief.«

»Ein Drohbrief?«

»Nein, eher ein ... Ich weiß nicht. Lies selbst!«

Wortlos setzte Caro ihre feuerrote Lesebrille auf und studierte ihn.

»Gwendolyn war es!«, las sie vor. »Wie? Was soll das bedeuten?«

Annika zuckte die Achseln.

»Hm.« Caro klappte ihre Lesebrille zusammen und klemmte sie sich an den Ausschnitt. »Vielleicht sollten wir diesen Brief der Polizei übergeben. Die könnten ihn auf Fingerabdrücke untersuchen.«

Wie auf ein Stichwort sahen sie einander an. Sie hatten den Brief bereits mehrfach angefasst.

»Mist«, murmelte Caro.

»Ich glaube, das ist egal. Wir konnten ja nicht wissen, dass wir den Brief nicht anfassen sollen.«

»Außerdem, Schwesterherz, wissen wir noch gar nicht, ob die Polizei sich überhaupt dafür interessiert. Vielleicht halten die das gar nicht für wichtig.«

❄ 19. DEZEMBER ❄

Annika trat an den Kühlschrank, an den sie die Visitenkarte des Kommissars geheftet hatte. »Das soll Kommissar Glöckner selbst entscheiden. Ich rufe ihn nachher an!«

»Warum nicht jetzt schon?«

Annika grinste. »Weil ich erst neue Bärentatzen backe. Mir scheint, wenn er Bärentatzen bekommt, ist er netter.«

Zwei Stunden später hatte Annika zwei Bleche Bärentatzen gebacken. Die in Zartbitterkuvertüre getauchten Plätzchen dufteten verheißungsvoll. Annika griff zum Telefon und wählte entschlossen die Nummer des Kommissars. Glöckner nahm nach dem zweiten Klingeln ab.

»Kommissar Glöckner? Hier spricht Annika Engels. Ich habe einen anonymen Brief erhalten, den ich Ihnen gern zeigen würde.«

»Was für ein Zufall«, entgegnete der Kommissar. »Ich wollte Sie auch gerade anrufen. Ich habe schon gehört, dass überraschend ein anderer Erbe aufgetaucht ist. Aber auch sonst gibt es neue Entwicklungen, die Sie entlasten. Wäre es Ihnen recht, wenn Sie kurz auf dem Präsidium vorbeikommen? Ich kann leider nicht zu Ihnen kommen; wir haben nachher noch eine Besprechung.« Er klang enttäuscht, vielleicht dachte er an die Bärentatzen.

Auch Annika war etwas enttäuscht. »Natürlich. Jetzt gleich?«

»Wenn es Ihnen recht ist …«

Annika legte den mysteriösen Brief samt Umschlag sorgsam in eine Klarsichthülle. Als sie ihre Schuhe anzog, fragte sie sich, von welchen neuen Entwicklungen der Kommissar wohl gesprochen hatte.

Gleich würde sie es erfahren …

20. Dezember

Hier aufschlitzen

Caro hatte sie diesmal nicht begleiten wollen. »Ich bin müde und wollte mich noch etwas hinlegen. Schaffst du das allein?«

Annika nickte. »Natürlich. Es geht mir gut, wirklich. Ich bin sehr gespannt, von welchen Entwicklungen Glöckner da gesprochen hat, das klang mysteriös.«

»Hauptsache, es entlastet dich, Schwesterherz! Und wenn du zurück bist, machen wir es uns auf dem Sofa gemütlich. Mit Glühwein und einem Weihnachtsfilm, ja?«

»Gute Idee!«

Annika war das erste Mal in einem Polizeipräsidium. Am Empfang musste sie ihren Namen angeben, dann erschien Glöckner und begrüßte sie mit einem strahlenden Lächeln. Er trug wieder seine Lederjacke, die ihm wirklich gut stand, wie Annika erstaunt feststellte. Er begleitete sie in sein Büro und bot ihr einen Platz an.

Annika sah sich um. Der Kommissar residierte in einem kargen Raum mit Neonröhre an der Decke und einer Unmenge an Akten auf dem Schreibtisch. Annika fragte sich, wozu all das Papier nötig war, standen doch daneben gleich zwei Computer. Etwas unsicher fragte sie: »Und, was sind das für Neuigkeiten?«

Glöckner räusperte sich. »Eine Nachbarin hat sich bei uns gemeldet und angegeben, dass Ihr Mann am Tag seines Todes nachmittags Besuch hatte.«

Annika seufzte. »Das wird Christoph gewesen sein. Werners ... Sohn.« Das Wort fühlte sich fremd an.

Der Kommissar schüttelte den Kopf. »Nein, es handelte sich um, äh, Damenbesuch.«

»Dann muss es Gwendolyn Bauer gewesen sein. Das ist die ... die Mutter des unehelichen Sohnes meines verstorbenen Mannes.« Das klang so sperrig, wie es war, fand Annika.

»Der Beschreibung nach war sie das nicht, wir haben das bereits überprüft.«

»Nicht?« Verwirrt starrte Annika den Kommissar an.

Dieser senkte den Kopf. »Es tut mir leid, Ihnen das sagen zu müssen, aber es sieht so aus, als habe Ihr verstorbener Mann noch mit einer anderen Frau Kontakt gehabt. Einer Frau, die ihn am Tag seines Todes zu Hause aufgesucht hat, als Sie beim Geschenkekaufen waren.« Er sah sie so mitfühlend an, dass Annika beinahe bedauerte, dass sie ihm nicht doch eine Plätzchendose mitgebracht hatte.

»Sie meinen, bevor er ermordet wurde? Heißt das, diese Frau hat den Mörder möglicherweise gesehen?«

»Entweder das. Oder aber diese Frau ist seine Mörderin.«

❄ 20. DEZEMBER ❄

21. Dezember

Als Annika endlich wieder vor ihrem Haus stand, war sie ziemlich außer Atem und vor Aufregung hatte sie heftiges Herzklopfen.

Eine Frau? Noch eine Frau? Konnte es sein, dass sie sich in Werner gleich doppelt getäuscht hatte? Sie war so erleichtert gewesen zu hören, dass er sie nicht mit Gwendolyn betrogen hatte – was, wenn er eine andere hatte? Laut Aussage der Nachbarin war es eine Brünette gewesen. Annika zog den Mantel aus und hängte ihn an die Garderobe.

»Caro?«, rief sie. »Ich bin wieder da! Stell dir vor, die Polizei ...« Sie öffnete die Tür zum Wohnzimmer, aber da war Caro gar nicht. »Caro?«

Keine Antwort. Nanu?

Ein Geräusch aus dem Arbeitszimmer, dann öffnete sich die Tür, und Caro erschien. »Schwesterherz!«, begrüßte sie sie überschwänglich. »Wie war es bei der Polizei? Was gibt es Neues? Soll ich uns einen Tee machen?« Sie strahlte Annika an.

Irritiert runzelte Annika die Stirn. »Was machst du in Werners Arbeitszimmer?«

Sofort wich das Strahlen aus Caros Gesicht. »Ich habe ein Geräusch gehört und wollte nach dem Rechten sehen.«

»Ein Geräusch?« Annika spürte, wie sich ihr Puls beschleunigte. Sie drängte sich an Caro vorbei und sah sich im Arbeitszimmer um. »Was soll das heißen, ein Geräusch? Meinst du etwa, es war wieder jemand ...«

Caro wedelte abwehrend mit den Händen. »Nein, beruhige dich. Genau deswegen hatte ich ja nachgesehen. Alles ist gut. Jetzt reg dich nicht auf, ich mache uns erst mal eine schöne Tasse Tee, und dann essen wir ein paar Plätzchen, ja? Du hast schließlich extra neue gebacken ...«

Annika war auf Werners Schreibtischstuhl gesunken. Sie nickte mechanisch, und Caro verschwand in Richtung Küche. Annika starrte ihr hinterher. Ein merkwürdiges Gefühl hatte sie beschlichen.

Geräusche? Ausgeschlossen war zwar nicht, dass der Eindringling am helllichten Tag wiederkam. Aber war es wahrscheinlich? Sie ließ den Blick über die vielen Buchrücken schweifen, und plötzlich stutzte sie. Links oben im Regal ragten einige Bücher ungewöhnlich weit hervor. Werner war pedantisch mit seinen Büchern gewesen. Sie mussten immer alle in Reih und Glied stehen. Mehrfach hatte Annika ihn dabei beobachtet, wie er ein Buch zurückgestellt hatte und es mit dem Zeigefinger millimeterweise in die Lücke geschoben hatte, sodass es genau bündig mit den Nachbarbüchern abschloss.

Sie trat an das Regal. Kein Zweifel, hier hatte jemand Bücher herausgezogen. Sie las den Autorennamen. Charles Dickens, Gesammelte Werke. Ganz sicher war das erst heute geschehen. Als sie mit Caro das Zimmer durchsucht hatte, mussten die Bücher noch in Reih und Glied gestanden haben, sonst wäre ihr das aufgefallen – ebenso, wie es ihr jetzt aufgefallen war. Also hatte Caro recht gehabt! Jemand war hier im Arbeitszimmer gewesen.

Aber wo war dieser Jemand jetzt? Caro hatte behauptet, Geräusche gehört zu haben – aber stimmte das? Und – war es nicht mit dem nächtlichen Eindringling ganz genau so gewesen?

Annika zuckte zusammen. Etwas stimmte nicht. Etwas stimmte ganz und gar nicht. Und was tat überhaupt Caro? Vermutlich kochte sie Tee und arrangierte Plätzchen. Die gute Caro, die so viel Zeit für sie hatte, weil ihr Wollladen nicht mehr lief ...

Aber was, wenn Caro ... Und plötzlich sah Annika all die Anzeichen, die sie bisher ignoriert hatte. Caro, die so bereitwillig bei ihr einzog. Die nachts das Arbeitszimmer durchsuchen konnte. Die alles über sie und Werner wusste. Die brünette Frau. Die sich genau jetzt im Nebenraum befand.

Annika spürte die Angst, die wie eine kalte Hand nach ihrem Herzen griff. Eine Waffe! Sie brauchte eine Waffe!

Sie zog die Schreibtischschublade auf und erstarrte.

Die Glock.

Sie war verschwunden.

❄ 21. DEZEMBER ❄

In diesem Moment hörte sie die Stimme ihrer Schwester aus der Küche. »Kommst du? Ich habe Glühwein gemacht, der wird dir guttun!«

»Ja!«, rief Annika und spürte ihren Puls jagen. Wie seltsam das vorhin ausgesehen hatte, als Caro in der Tür des Arbeitszimmers erschienen war mit diesem betont harmlosen Gesichtsausdruck ... Was hatte sie wirklich dort getan?

Mit einem Satz war sie wieder am Regal. War es möglich, dass Caro nur bei ihr eingezogen war, um Werners Arbeitszimmer zu durchsuchen? Und das, was sie suchte, war nicht die Glock, sondern ein Buch? Aber das ergab keinen Sinn!

Fieberhaft zog Annika ein Buch nach dem anderen aus dem Regal und blätterte hastig die Seiten um.

»Ich komme gleich!«, rief sie ihrer Schwester zu.

Sie griff nach dem den letzten Band der Dickens-Reihe, der Weihnachtsgeschichte. Etwas flatterte zu Boden. Annika hob den Zettel auf und las. Es war ein Schuldschein. Ein Schuldschein, ausgestellt auf Caro, unterzeichnet von Werner.

In diesem Moment öffnete sich die Tür, und eine strahlende Caro erschien. Sie erfasste die Si-

tuation mit einem einzigen Blick, und schlagartig wechselte ihr Gesichtsausdruck von Freundlichkeit zu Zorn.

»Da ist er also«, zischte sie, trat auf Annika zu und riss ihr das Papier aus der Hand. »Ich habe ihn gesucht wie verrückt, Werner hat ihn extra gut versteckt.«

»Was hat das zu bedeuten, Caro?«, flüsterte Annika. Doch ihre Schwester hatte sich auf dem Absatz umgedreht.

»Caro! Gib mir sofort den Schuldschein zurück! Werner hatte dir Geld geliehen? Für dein Wollgeschäft?« Sie folgte Caro ins Wohnzimmer. Der Esstisch war einladend gedeckt, die kristallenen Groggläser neben einer Karaffe. Ein köstlicher Geruch nach Glühwein lag in der Luft.

Caro schnitt eine Grimasse. »Ja, er hat mir letztes Jahr aus der Patsche geholfen. Und dann wollte der Idiot mir meine Schulden nicht mehr stunden! Ich habe alles versucht, um ihn zu überzeugen, ich habe ihn bekniet, aber er hat mich rausgeworfen.«

Und plötzlich setzten sich in Annikas Kopf die Puzzlestücke zusammen, eines kam zum anderen, und sie begriff.

❄ 22. DEZEMBER ❄

23. Dezember

Hier aufschlitzen

Du warst das!«, stammelte sie. »Du warst die dunkelhaarige Frau, die bei Werner zu Besuch war. Und auch die, die ihn ...«

Caro nickte ungerührt. »Ja, ich bin an dem Nachmittag hier gewesen für einen letzten Versuch, Werner davon zu überzeugen, dass er mir die Schulden noch eine Weile stundet. Aber er ließ sich nicht erweichen. Ich hätte mein Geschäft schließen müssen. Und dann dachte ich, wenn er tot ist, dann fordert er das Geld nicht zurück, er hatte es mir ja privat geliehen – und außerdem erbst du alles, und du hättest mich ganz bestimmt unterstützt.«

»Ja, das hätte ich«, antwortete Annika und schluckte. Caro nickte erneut. »Darum musste ich den Schuldschein auftreiben oder dich töten, ehe er dir in die Hände fällt und du kapierst, was los war. habe ich das verdammte Ding gesucht!«

»Wie konntest du nur, Caro! Werner leiht dir Geld, und zum Dank bringst du ihn um?«

Caro zuckte die Schulter. »Das wollte ich nicht, das musste ich! Er hatte ja die Chance, mir den Schuldschein zurückzugeben. Sein Pech.«

Annika wusste, dass das so nicht stimmte. Der verschwundene Schlüssel fiel ihr ein. Nur Caro konnte ihn genommen haben. Und das bedeutete nicht nur, dass sie am Nachmittag von Werners Tod mit bösen Absichten gekommen war. Den Schlüssel hatte sie schon Tage vorher aus dem Blumentopf genommen, um den Verdacht von sich abzulenken. Caro hatte diesen Mord kaltblütig und von langer Hand geplant!

Caro verschränkte die Arme. »Tja, jetzt ist leider alles zu spät, zumindest für dich. Also los, Schwesterherz, trink deinen Glühwein!«

Rubinrot leuchtete der Glühwein in den Groggläsern. Zögernd streckte Annika die Hand aus.

Caro lächelte. »Genau, das ist dein Glas, das mit der Orangenscheibe. Wir wollen doch nicht die Gläser vertauschen, oder?«

»Du hast Gift hineingetan«, stammelte Annika.

Caro nickte. »Ja. Es wird wie Selbstmord aussehen. Du selbst hast aus blinder Eifersucht deinen Mann getötet – und dann all die neuesten Entwicklungen! Werners unehelicher Sohn, die Polizei, die dir auf den Fersen ist – das ist mehr als Grund genug, dir das Leben zu nehmen. Findest du nicht?«

Annika hielt den Blick starr auf das Glas gerichtet, aber sie rührte es nicht an. »Warum musstest du denn ausgerechnet den Schürhaken nehmen?«, flüsterte sie.

Caro grinste. »Das war mein doppelter Boden! So viele Leute, wie um uns herum gestanden haben, als du das auf dem Nikolausmarkt erzählt hast ... Du hattest ganz entschieden zu viel Eierpunsch intus. Die halbe Stadt weiß inzwischen, wie wütend du auf Werner warst! Da war klar, dass der Verdacht auf dich fällt. Und je mehr du unter Druck gerätst, desto mehr brauchtest du mich. Das war mein Glück, denn so konnte ich in Ruhe weitersuchen. Oder eben dafür sorgen, dass du immer gestresster wirst und ich glaubwürdig deinen Selbstmord inszenieren kann. Das war ja wirklich nicht schwer, du wusstest ja kaum noch, wo oben und unten ist! Kaum zu glauben, dass dann auch noch dieser absurde Brief mit dem Hinweis auf Gwendolyn aufgetaucht ist. Den hat wirklich der Himmel geschickt! Ach, wo wir gerade beim Thema sind: Los, Schwesterherz, trink! Oder muss ich noch ein Likörchen hineinkippen?«

Annikas Herz hämmerte. »Du kannst mich nicht zwingen«, stammelte sie.

»Oh doch«, entgegnete Caro und zog die Glock hervor. »Zum Glück hab ich die hier!«

Sie richtete die Waffe auf Annika. Und entsicherte.

Tapfer blickte Annika in die Mündung der Glock. »Oh nein, du wirst nicht schießen. Denn dann stimmt deine ganze schöne Geschichte nicht mehr. Wie willst du das der Polizei erklären?«

»Das lass mal meine Sorge sein«, knurrte Caro und wedelte mit der Pistole. »Na los!«

»Du hast das alles von langer Hand geplant«, presste Annika hervor. »Sonst hättest du nicht schon Tage vor dem Mord den Ersatzschlüssel aus dem Blumentopf ge...«

Und da hob Caro die Waffe und drückte ab.

Annika hechtete zur Seite.

Peng!

Annika prallte hart auf dem Boden auf, und ein Schmerz schoss ihr durch die Hüfte. Aber sie lebte! Fassungslos starrte sie auf die Stelle im Sofa, wo die Kugel ein Kissen durchbohrt und dann in die Lehne eingeschlagen war. Gänsedaunen schwebte wie in Zeitlupe durch die Luft.

Caro hatte tatsächlich geschossen! Ihre eigene Schwester!

In diesem Moment ertönten vor der Tür laute Rufe. »Polizei! Öffnen Sie sofort die Tür!« Jemand trommelte an die Haustür. »Was ist da los? Sofort öffnen, ich wiederhole ...«

Caro lächelte kalt und drückt noch einmal ab, aber auch diesmal traf sie nur das Sofa.

Peng!

Annika schrie und kniff die Augen zusammen.

Dann flog krachend die Tür auf, und Annika hörte Getrampel und Gerumpel im Flur.

❄ 24. DEZEMBER ❄

Sie drückte das Gesicht in die Armbeuge und duckte sich hinter das Sofa, während Schreie und weitere Schüsse ihr verrieten, dass jemand das Haus gestürmt haben musste. Angstvoll wartete sie auf den nächsten Schuss, aber er blieb aus.

Sie schrie vor Schreck auf, als eine Hand sie an der Schulter berührte.

»Sie können die Augen wieder aufmachen, Frau Engels«, hörte sie eine Stimme.

Zögernd schlug Annika die Augen auf – und blickte direkt in die tiefblauen Augen von Kommissar Glöckner. Waren die schon immer so blau gewesen?

»Sind Sie okay?«, fragte er leise.

Annika nickte.

In diesem Augenblick fuhr ein Streifenwagen vor, und zwei Polizisten führten die strampelnde Caro ab. Mit zitternden Knien hatte sich Annika erhoben und auf dem Sofa Platz genommen, in dem jetzt zwei Kugeln steckten. »Das ... das war Rettung in letzter Sekunde!«, stammelte sie.

Kommissar Glöckner nickte. »Ja, es sieht so aus. Ich wollte Ihnen eigentlich nur persönlich mitteilen, dass der Verfasser des anonymen Briefes sich bei uns gemeldet hat. Es war der Exmann von Frau Bauer. Er war wütend, dass er jahrelang für den Sohn eines anderen gezahlt hat. Aber dann hat er sich besonnen und ... Frau Engels? Geht es Ihnen nicht gut?«

Annika stöhnte. »Nein. Doch. Ich glaube, ich brauche erst mal ein Likörchen. Möchten Sie vielleicht auch eins?«

Kommissar Glöckner legte den Kopf schief. »Ausnahmsweise. Aber nur, wenn ich noch so ein fabelhaftes Plätzchen dazu bekomme! Mit viel Schokolade.«

❄ 24. DEZEMBER ❄

Alle Rechte vorbehalten

Das Werk darf – auch teilweise – nur mit Genehmigung des Verlages wiedergegeben werden.

© 2021 Pattloch Verlag
Ein Imprint der Verlagsgruppe Droemer Knaur GmbH & Co. KG, München
Gesamtgestaltung und Satz: Christina Krutz, Biebesheim am Rhein
Umschlagillustration und Illustrationen im Innenteil: Shutterstock.com
Gesamtherstellung: Colorprint Offset Limited, Hongkong, China

ISBN 978-3-629-00087-3

www.pattloch.de

2 4 5 3 1